Jack el Destripador
Erika Sanders

ERIKA SANDERS

Sinopsis

Tamara no sabía y nunca sabría lo que pasó después de eso.

Todo lo que recordaría fue el destello repentino y cegador de la luz plateada, una sensación de ardor en la garganta y la cabeza levantada por el cabello.

De repente, era imposible respirar.

Ella luchó, tratando de aflojar su agarre, pero descubrió que sus brazos se sentían como pesas de plomo y que su enfoque se estaba desdibujando....

Nota sobre la autora:

Erika Sanders es una escritora de renombre internacional, traducida a más de veinte idiomas, que firma sus escritos más eróticos, alejados de su prosa habitual, con su apellido de soltera.

Índice:

JACK EL DESTRIPADOR
ERIKA SANDERS

11

CAPÍTULO I

Tamara yacía en silencio debajo del hombre, cerrando los ojos ante la vista de su cara contorsionada y fea, pero manteniendo las piernas lo más abiertas posible. No podía quejarse; después de todo, estaba limpio y se había bañado recientemente, así que su olor no era el problema. Era sus intestinos. Nunca debería haber decidido llevar a un hombre gordo a la cama, pero $400 dólares era demasiado para dejarlo pasar. $400 dólares, a pelo. Su tripa presionó contra su abdomen y le resultaba casi imposible respirar profundamente. Además de eso, su vello púbico estaba frotando su clítoris en carne viva y se estaba volviendo doloroso.

Finalmente, él aceleró, follándola como si su vida dependiera de ello y golpeó su ya dolorido agujero hasta que se corrió. Él se sacudía hacia arriba con cada eyaculación, haciéndola pensar en una ballena saltando fuera del agua y cuatro chorros húmedos más tarde, él rodó fuera de ella, ambos sin aliento.

Se secó la cara y la miró. "Estuviste bien".

"Eh, gracias". Ella se incorporó y le dio unas palmaditas en su medio palpitante. "¿Te importa si uso tu baño?"

"Para nada. Solo hazlo rápido. Mi esposa regresará en cualquier momento".

Tamara se puso de pie, apretando las piernas con fuerza para evitar que su esperma acuoso se deslizara. Se las arregló para retener la mayor parte hasta que pudo sentarse en el inodoro y usar sus músculos para exprimirlo. Usó unas cuantas bolitas de papel higiénico para limpiar el desorden, frotándose la parte interior de sus piernas y tratando de secar el encaje en la parte superior de sus ligueros y medias. No está mal, pensó. Tiró de la cadena y regresó a la habitación del hotel, preguntándose si tenía alguna ducha en su habitación. Tal vez tendría que conseguir alguna de camino a casa.

"¿Estarás en Essex mañana?"

"No lo sé. Podría ser". Tamara extendió la mano y le dedicó su sonrisa más dulce cuando él puso cuatro billetes de cien dólares en su palma. "¿Quieres otra cita?"

"Sí. No encuentras demasiadas putas que lo hagan sin goma".

Puta. Odiaba la palabra, pero describía lo que era. Ella suspiró y volvió a poner la sonrisa falsa. "Bueno, ven a buscarme cuando estés listo".

El suave chasquido de la puerta al cerrarse detrás de ella fue reconfortante y Tamara caminó lo más rápido posible hacia el ascensor. Pasó junto a una pareja mayor que le dirigió una mirada mezquina e inconscientemente tiró del dobladillo alto de su falda plisada, sabiendo que no iba a cubrir las medias de muñeca y las ligas rosas. Llegó el ascensor y la sacó de su miseria y, en cuestión de minutos, estaba de vuelta en la calle, respirando el aire fresco de la ciudad de Nueva York.

Tamara había vivido en la ciudad de Nueva York durante casi cuatro años y se había prostituido durante casi el mismo período de tiempo. Un encuentro casual en una terminal de autobuses cuando se había escapado la había conectado con Torrance. Siempre estaba buscando carne fresca y su cuerpo de dieciséis años se ajustaba perfectamente a sus necesidades. Otra chica, Julieta, le había enseñado a jugar el juego y en muy poco tiempo, Tamara estaba ganando dinero, la mayor parte del cual era reclamado por Torrance. Cuando fue asesinado a tiros por un traficante de metanfetamina enojado, ella se volvió hacia Sellers, otro proxeneta que tenía un establo mejor. Ella ganó más dinero con él, pero él requería que todas sus chicas montaran a los clientes a pelo. Al principio, ella se había negado, dando oral gratis y usando condones en el costado, pero uno de los clientes se quejó y una fuerte paliza la hizo cambiar de opinión acerca de cruzarlo nuevamente.

Se dirigió hacia Essex y decidió tomar el callejón de regreso al apartamento de Sellers. Sus pies la estaban matando y estaba enojada porque Julieta había tomado sin preguntar sus viejos zapatos negros de fóllame. ¡Maldita zorra! Tendría que poner una mejor cerradura en su puerta. Sellers probablemente se ocuparía de ella.

Una sombra se desprendió de una puerta y ella se congeló en medio de un paso.

"Buenas noches." La voz era baja y culta con acento inglés estilo David Bowie. "¿Estas libre esta noche?"

"No estoy libre, pero puedo ser comprada".

Él salió a la luz y ella sonrió, agradeciendo a quienquiera que estuviera arriba que este fuera alto, delgado y guapo.

"¿Cuánto?"

"Depende de lo que quieras".

"Quiero que me chupes la polla y te tragues mi semen".

"¿Sin goma?"

"Sin goma. ¿Cuál es el costo?"

"$300". Le hizo un gesto para que lo siguiera y regresaron al mismo nicho tenuemente iluminado del que él había salido. Inmediatamente comenzó a desabrocharse los pantalones. "El dinero primero, profesor".

Una vez que él entregó el dinero y ella lo revisó y lo guardó en su billetera, se arrodilló en el suelo sucio, esperando mientras él se abría los pantalones. Su polla salió, gruesa y dura y ella hizo un sonido de agradecimiento cuando la alcanzó.

"Bonita polla. ¿Seguro que no quieres follar?"

"Si estoy seguro."

Tamara no sabía y nunca sabría lo que pasó después de eso. Todo lo que recordaría fue el destello repentino y cegador de la luz plateada, una sensación de ardor en la garganta y la cabeza levantada por el cabello. Su pene desapareció de la vista y de repente, era imposible respirar. Ella luchó, tratando de aflojar su agarre, pero descubrió que sus brazos se sentían como pesas de plomo y que su enfoque se estaba desdibujando.

Él solo sonrió y usando su cabello, levantó su cabeza hasta que su pene rozó la amplia incisión que había hecho en su cuello. Su sangre caliente y chorreante cubrió su miembro, haciendo la entrada resbaladiza y aterciopelada. Perfecto. Simplemente perfecto. Empujó una y otra vez, su cuerpo temblaba mientras ella gorgoteaba y forcejeaba y él disparaba su carga, justo cuando ella tomaba su último aliento.

Perfecto. Él la arrojó a un lado como la basura que era y se subió la cremallera de los pantalones, disfrutando de la sensación de su sangre viscosa goteando a través de su vello púbico y secándose en sus testículos. Simplemente perfecto.

CAPÍTULO II

La jefa de detectives Clarice Burton aparcó su coche sin identificación en el borde de la cinta amarilla de la policía y sacó su placa, metiéndola en el bolsillo de su chaqueta. El oficial de registro tomó nota de su estatus oficial y la dejó pasar, observando cómo su redondo trasero se balanceaba mientras se dirigía al grupo de hombres de traje oscuro, la mayoría de los cuales miraban hacia otro lado cuando ella se acercaba. Era 2004 y el mundo unido de los mejores detectives de la ciudad de Nueva York todavía condenaba al ostracismo a las mujeres. Se la consideraba un ser inferior, aunque tenía la tasa de resolución más alta del distrito.

Aun así, Clarice Burton no había sobrevivido cerca de la muerte a manos de un esposo abusivo para permitir que unos pocos hombres con penes pequeños la dieran de lado. Su compañero, Tony Acosta, asintió con respeto, metiendo las manos en los bolsillos y mirando molesto.

"Hola chicos." Mario Andreotti y John Stevens murmuraron saludos, observando cómo ella atravesaba su círculo y se dirigía hacia el cuerpo cubierto por la sábana. Retiró el cobertor y examinó a la joven, notando el corte profundo en su cuello y la cantidad de sangre que rodeaba su cuerpo inanimado. "Entonces, ¿qué tenemos aquí?"

Los hombres intercambiaron miradas y Acosta abandonó el círculo, arrodillándose en cuclillas junto a ella mientras extraía su libreta. "Se llama Tamara Williams, tiene 20 años. Es una prostituta que sale del sitio de Jamie Sellers. La encontró Patrick Miller, el basurero que estaba allí".

"¿Algún testigo?"

"Nadie."

"¿A ella le falta algo?"

"No es que podamos determinarlo. Su cartera está allí. Tenía $700 en efectivo, lima de uñas, tarjeta telefónica y una botella de esmalte de uñas transparente".

"¿Sin condones?"

"No."

"Asegúrate de hacer una nota para decirle al forense que busque enfermedades como el VIH/SIDA. Se ve bastante saludable, pero si está haciendo trabajos sin protección, nunca se sabe".

"Correcto. Hay algo más que tal vez quieras ver". Acosta se puso un guante, volteó la sábana hacia atrás y usó la punta de un viejo bolígrafo para abrir el corte profundo en la garganta de la mujer muerta. "¿Ves eso?"

Burton se inclinó hacia adelante, concentrándose en una mezcla blanca espesa que flotaba sobre la sangre coagulada como el bulto blanco que normalmente se encuentra en la clara de un huevo. "¿Que es eso?"

"Es esperma".

"¿Qué? ¿Cómo lo sabes?"

"No estoy seguro, pero eso es lo que pienso". Movió el borde del bolígrafo hacia abajo, mostrando a Burton una línea blanca brillante en el interior de la piel. "Creo que le cortó la garganta y le cogió la herida mientras ella se estaba muriendo".

"¡Puaj!" Se puso de pie, flexionando los músculos doloridos de sus piernas mientras contemplaba sus palabras. "Suena como un super jodido pervertido".

"Tengo que estar de acuerdo contigo, Clarence. Bueno, ¿qué sigue?"

"Obtén lo que puedas del hombre de la basura y supervisa su recogida. Dile al forense que quiero saber qué sustancia hay en su garganta de inmediato y si es semen, que lo envíe para cotejarlo. Puede que tengamos suerte y encontremos alguien en la base de datos".

"Está bien. ¿Qué vas a hacer?"

"Hablar con Jamie Sellers. Quizá pueda averiguar quién fue su último cliente.

"No creo que esto fuera un cliente, Clarence. Creo que quienquiera que fuera el tipo, era independiente".

"Tendría que estar de acuerdo contigo, pero no está de más intentarlo".

Burton dejó a su pareja con sus amigos del departamento y miró con recelo a las personas reunidas para ver el cadáver. Era bien sabido que a veces el autor regresaba al lugar del crimen para revivirlo o para deleitarse con la ineptitud de la policía. El basurero no parecía desconcertado por haber descubierto un cadáver y estaba felizmente fumando sin parar, hablando por un teléfono celular. La única persona que llamó su atención fue un sacerdote, de pie al borde de la multitud, moviendo los labios mientras rezaba en silencio mirando el cuerpo.

"Me alegro de que alguien le esté dando una bendición". Murmuró para sí misma mientras se dirigía de regreso a su auto. "Todos necesitamos eso".

Próxima parada: La Central.

* * *

Sacó una cerveza de la nevera y se sentó en su sillón favorito, reclinando el sillón reclinable hacia atrás mientras accionaba el mando a distancia. La televisión se encendió y un comercial de una tienda de muebles terminó de reproducirse justo antes de que comenzara el Evening News.

"Nuestra historia principal, una mujer fue encontrada casi decapitada en un callejón en el Lower East Side". Dijo la presentadora. "Vamos en directo con nuestro reportero en la escena". En este punto, se inclinó hacia adelante, su interés despertó. Mientras el reportero describía el crimen, examinaba los rostros de las personas en la escena. Amaba las expresiones temerosas y a veces vacías en los rostros de los espectadores. Su polla se endureció en sus pantalones y se desabrochó los pantalones de su pijama, dándole una caricia larga y dura.

"La detective jefe en este caso, la detective Clarice Burton, dijo esto sobre el asesinato". Examinó a la pechugona oficial de policía y su polla se puso aún más dura. ¡Qué linda era! Todo ese cabello rojo dorado, ojos azules, enormes tetas... Dios, cómo le encantaría empujar su polla entre esas bellezas y arrojar su carga sobre su barbilla. Se dio otro fuerte golpe, esforzándose por el esfuerzo. Ella continuó hablando sobre algunos de los detalles del crimen y la atención de él se centró en su boca, ancha y deliciosa, con las puntas del rosa claro que les gustaba a las jóvenes. Era más que capaz de chuparle la polla. Él gimió, frotando más fuerte ahora, usando la magia del grabador de video para volver a repetir la entrevista para poder ver su boca moverse una y otra vez.

Un hormigueo en la base de su columna señaló su liberación y se corrió, su semen saltando en el aire, chorro tras chorro aterrizando en el terciopelo cepillado de la silla y la pila de color canela de la alfombra debajo. Jadeando, activó el control remoto de nuevo y se quedó inerte, recuperándose mientras observaba el resto de la entrevista. Se sorprendió al ver al sacerdote entrevistado a continuación, escuchando sus palabras benévolas hablar de la preciosidad de la vida y su promesa de rezar por la joven.

¡A la mierda Dios! Se enfureció, escondiéndose y bebiendo su cerveza. Esa puta no merecía vivir, no merecía respirar dulcemente. Si el cura quisiera tener putas por las que rezar, conseguiría su deseo. Definitivamente conseguiría su deseo.

CAPÍTULO III

Hablar con Jamie Sellers había sido inútil. Burton ya sabía que probablemente no obtendría nada de él, pero estaba enojada porque el proxeneta no entregaría al último cliente de Tamara para interrogarlo. No mostró ninguna preocupación real por el bienestar de las otras mujeres que trabajaban para él, solo quería saber dónde la mataron para poder mantener a las demás chicas fuera del área por temor a ser arrestadas.

Para él, Tamara era un borrón y cuenta nueva que había sido borrado y solo pedía que le dieran el dinero de su billetera. Por supuesto, Burton se negó, diciendo que el dinero sería entregado a su familia, si era posible y si no se encontraba ningún familiar, la Asociación Benéfica de Oficiales de Policía lo recibiría. Por supuesto, Sellers no estaba contento. Cerró la puerta de golpe detrás de Burton, murmurando por lo bajo sobre los 'malditos cerdos que no necesitan más dinero para las donas'.

Como se estaba haciendo tarde, decidió tomar el archivo y dirigirse a casa, quitándose los zapatos y bajando las escaleras a su oficina. Un gran panel de corcho ocupaba la mayor parte del espacio en la pequeña habitación y encendió las luces, mirando el contenido del panel. Instantáneas, 8 X 10 y otras cositas cubrían casi cada centímetro de la superficie, todas representaciones visuales de mujeres jóvenes que habían sido brutalmente asesinadas en su distrito desde que se convirtió en oficial de policía. Burton abrió la carpeta manila que tenía en la mano y sacó la foto de Tamara, clavándola en un espacio vacío.

Sus ojos se dirigieron a un 4 X 8 de una hermosa chica con cabello rubio y ojos azules centelleantes. Tal belleza angelical había sido apagada por el mismo tipo de mano que había matado a esa chica hoy: un hombre enojado que la veía como una herramienta sexual y no como un ser humano. Tim estaba fumando un cigarrillo, viendo la televisión cuando

Clarice encontró el cuerpo de Angie en su pequeña cama. Nunca olvidaría la vista de la sangre que corría por el interior de sus piernas y la inocencia pura en sus ojos ciegos.

Tim Burton estaba en la cárcel ahora, cumpliendo dos condenas consecutivas de veinte años por el abuso de Angie y su posterior muerte, mientras que Clarice cumplía cadena perpetua en su cárcel de culpa, el corazón de su madre lleno de culpa por el fracaso. Tragó saliva contra el nudo que tenía en la garganta y levantó una mano temblorosa para tocar los bordes deshilachados de la foto. Nunca tocaría la parte coloreada de la foto; esta pequeña foto y un osito de peluche fueron todo lo que quedó de su hija.

Burton apartó la mano de un tirón y volvió los ojos hacia Tamara. Ella era la hija de alguien. En algún lugar, había tenido una cama suave y segura para dormir. En algún lugar, había celebrado Navidades y Pascuas con personas que se preocupaban por ella. No tenía la mirada dura de una prostituta que nunca había visto atención y preocupación. En algún lugar, en algún momento, había experimentado el amor.

"¿Por qué no ahora? ¿A quién conociste y no te mostraste amor? ¿Quién fue el que te dejó morir en tu propia sangre? Dime, Tamara. Dime quién fue".

* * *

"¡No quiero ir, Sellers, y no puedes obligarme!" Julieta gritó, dándose la vuelta para alejarse. Estaba agotada de hacer trabajos todo el día, le dolían los pies y no quería ir a hacer ese trabajo de última hora que la esperaba en la esquina. La imagen de los ojos apagados como la muerte de Tamara y su cuerpo retorcido estaba demasiado fresca en su mente.

El agarre de Sellers como un tornillo de banco en su bíceps cortó la sangre de su brazo y él siseó, sus dientes alineados brillando a la luz. "Puedo obligarte a hacer lo que yo quiera". Él la rodeó, acercándose tanto que ella tembló, a pesar de la bravuconería que intentó expresar. "¿Necesitas que te lo recuerden?"

"No." Julieta se odió a sí misma cuando escupió la palabra rápidamente, haciéndole saber que su intimidación estaba funcionando. "Pero quiero que me acompañes".

"¡No voy a verte follar con algún chico blanco! Ahora ponte en marcha". Él le dio un pequeño empujón hacia el hombre que esperaba. "¡Y consigue el dinero primero!"

Julieta se sacudió el cabello ondulado, se alisó el vestido y caminó hacia el hombre, tratando de lucir sexy sin pensar en lo mucho que le dolían los pies. "Hola."

"Hola." Su voz era suave, casi entrecortada y apartó la mirada con timidez. "Eres muy hermosa."

"Gracias. ¿Te gustan las mujeres latinas?"

"Las amo." De nuevo entrecortado, pero con un toque de... ¿un acento?

"¿Así que quieres una cita?"

"Sí. Quiero follarte las tetas".

"Como estas, ¿eh?" Julieta miró a su alrededor para asegurarse de que nadie más estaba mirando y le dio un apretón sensual a uno de sus senos. "Son reales. ¿Quieres tocar una?"

Extendió la mano tentativamente y ahuecó un globo, sopesando su dulce peso y luego apretándolo. "Oh, mierda."

"Doble D". Julieta orgullosamente le informó. "300 dólares y son tuyas".

"¿Tragas?"

"Agregue otros $ 200 y beberé todo lo que tenga para dar".

"Hecho."

Riendo, lo llevó a un lugar detrás del contenedor de basura y le tendió la mano, sonriendo cuando él colocó billetes de quinientos dólares en su mano. "Gracias." Con esa parte del asunto fuera del camino, se bajó la parte de arriba, dejando que frotara su cara contra ellos antes de caer de rodillas, esperando sin aliento para ver su polla. Se desabrochó los pantalones y sacó su pene, golpeándolo contra sus mejillas antes de deslizarlo entre sus senos. Julieta mantuvo juntas sus tetas, inclinando la cabeza hacia abajo y chupando la cabeza con la boca en cada embestida.

Él gimió, agarrando sus hombros para estabilizarse y bomBlanchdo más rápido. Iba a suceder pronto, lo sentía. Ese cosquilleo familiar. Él siseó cuando su pene estalló, empujándolo en su boca y empujándolo tan adentro como pudo. Ella se atragantó al principio, luego tragó, agarrando sus caderas para evitar arcadas por segunda vez. Cuando finalmente dejó de correrse, ella se sacó la polla de la boca y se puso la camisa en su lugar.

"Hasta luego."

Julieta no vio el brazo de él alrededor de su garganta, pero escuchó el crujido de su tráquea cuando dio paso a la fuerza de sus músculos y huesos. Y muy pronto, no escuchó nada más.

CAPÍTULO IV

Jim Blanch llegó de la escuela a la misma hora que siempre. Su madre lo notó cuando le dio la bienvenida y escuchó sus pesados pasos mientras subía corriendo las escaleras. Ella sonrió. Jim era un buen chico; un regalo del cielo después del divorcio contencioso que había tenido que soportar. Se graduaría este año, era un estudiante sobresaliente y le encantaba jugar baloncesto con sus amigos. Lo mejor de todo es que limpiaba su habitación sin preguntar y la ayudaba cuando lo necesitaba.

De hecho, necesitaba pedirle que le hiciera un favor. Su vecino, el Sr. Greenwell, necesitaba que le trajeran un baúl de su ático y Lorna había ofrecido a Jim como voluntario para el trabajo. Se limpió las manos en el delantal, dio la vuelta a su rigatoni de pollo y fue al pie de las escaleras.

"¡Jim! ¿Puedes venir aquí, por favor?"

Lorna esperó pero no recibió la respuesta normal de él. Tal vez tenía la puerta cerrada o estaba escuchando música. Desde que le había comprado ese reproductor de MP3, a veces tenía que subir las escaleras hasta su habitación para llamar su atención. Ella suspiró, subiendo las escaleras. Tendría que hacerlo de nuevo y su juanete se quejaba.

"¡Maldita sea! ¡Jim!"

Subió las escaleras, apoyándose en el pie lesionado y se apoyó en el rellano, haciendo una mueca de dolor. Ella escuchó música. Conocía bien a la banda; últimamente, había estado obsesionado con Franz Ferdinand y ponía su nuevo álbum una y otra vez. Bajo el ritmo de los tambores y el chirrido de las guitarras, escuchó algo más. Algo sin ritmo; algo que no coincidía con la música. Sonaba como... resortes de cama crujiendo.

"¿Jim?" Ella no llamó tan fuerte ahora. Jim tenía dieciocho años y estaba en camino de convertirse en un hombre y ella sabía que él se masturbaba ocasionalmente en la ducha. No quería molestarlo si ese era el caso, pero el sentido especial de su madre le dijo que algo no estaba bien. "Jim, necesito que me hagas un favor".

Se acercó más y más, la música creciendo en volumen y los sonidos aumentando en velocidad y tono. Su mano temblorosa alcanzó el pomo de la puerta y lo agarró, dándole un giro fácil. "¿Jim?"

La vista que se encontró con sus ojos fue una que Lorna Blanch nunca olvidaría. La habitación de su hijo estaba en su estado habitual de desorden. Posters de Jennifer Garner y Jessica Alba estaban pegados en las paredes junto con mujeres anime semidesnudas. Y su hijo estaba en la cama, desnudo. Sus fuertes piernas estaban a horcajadas sobre algo, sus caderas se flexionaban y los músculos de su espalda se ondulaban. Lorna dio un pequeño paso hacia un lado, con los ojos muy abiertos. Debajo del cuerpo de su hijo había un par de pechos perfectos y él los sostenía juntos mientras empujaba su polla entre ellos.

Lorna Blanch gritó.

* * *

"¿Hablas en serio?"

Burton y Acosta empujaron las puertas de la comisaría para abrirlas, salieron y bajaron saltando las escaleras mientras se dirigían al auto de ella.

"Ojalá no lo fuera. Llamó hace cinco minutos y dijo que su hijo se estaba follando un par de tetas y que viniera a buscarlas".

¿Estamos seguros de que pertenecen a Julieta Friars?

"No, pero realmente no puedo pensar en nadie más a quien le falten un par de tetas, ¿y tú?"

No hubo más conversación hasta que llegaron a la casa de piedra rojiza, tocando para entrar. Lorna Blanch estaba entre la ira y el disgusto y su hijo obviamente llevaba la peor parte de ambos.

"¿Señora Blanch? Soy la Detective Burton. Este es el Detective Acosta".

La mujer les estrechó la mano enérgicamente, su mirada enojada regresó al joven que estaba tratando de hacerse más pequeño en la silla. "Le enseñé algo mejor que eso. Está educado mejor que para traer esa cosa sucia a la casa".

Acosta aventuró una pregunta, cauteloso de aumentar aún más su ira. "Señora Blanch, ¿está segura de que son... reales?"

"Oh, son reales, está bien". Ella espetó enojada, luego se giró para gritarle a su hijo. "Ve a enseñárselas, Jim.

El joven no habló. Los condujo escaleras arriba hasta su dormitorio y señaló su cama. Un conjunto perfecto de senos descansaba cerca de su almohada, cuidadosamente tallados y recortados para poder transportarlos, un pezón perforado con una barra que tenía una abeja colgando. Burton sacó un par de guantes de su bolsillo y examinó cuidadosamente la carne.

"Son de ella.

"¿Cómo puedes saberlo?"

Burton levantó el pecho izquierdo y le mostró las letras tatuadas. **Tiny B**.

"Era el nombre de su calle". Se quitó los guantes con un chasquido y se volvió hacia el joven. "¿Dónde las encontraste?"

"En el basurero". tartamudeó. "De camino a casa desde la escuela".

Burton se detuvo a pensar y acercó a Acosta a su lado. "Será mejor que trabajemos rápido. Tengo miedo de lo que hará a continuación".

CAPÍTULO V

Burton y Acosta registraron el contenedor de basura donde Jim Blanch había dicho que encontró los senos, pero no pudieron encontrar ninguna otra prueba. Las tetas sí pertenecían a Julieta; encajaron perfectamente en su lugar cuando el médico forense las colocó en el orificio cuidadosamente tallado en su torso. Acosta casi regurgitó su escalopín de ternera al salir por la puerta. El Dr. Arbitag se rió tan fuerte que el pegote de Vicks bajo su nariz amenazó con salir disparado por la habitación.

"Ese debería estar en los Juegos Olímpicos. Probablemente le quitó unos segundos al tiempo de Usain Bolt ".

"Arby, eres un verdadero bastardo, ¿lo sabías?" Clarice se rió, ayudándolo a poner la parte del cuerpo en su bolsa separada.

"Sí, pero tú me amas". Cerró la bolsa y la puso en un carrito. "Bueno, Clarice, no sé qué puedo decirte, pero no hemos podido encontrar ninguna evidencia útil para ti".

"¿Qué pasa con el semen?"

"Lo buscamos pero no obtuvimos ningún resultado en la base de datos".

Burton se quitó los guantes con un chasquido y pisó la palanca para abrir el bote de basura de desechos médicos. "Realmente no estaba apostando por eso de ninguna manera. Sabes que por lo general son una posibilidad remota".

"Si algunas veces." Arby se lavó las manos y se volvió hacia la detective. "Pero nunca se sabe hasta que se intenta".

"Arby, has visto muchos casos. Sé que no eres Michael Baden, pero necesito tu experiencia". Hizo una pausa, organizando sus pensamientos. "Va a matar de nuevo y va a ser pronto. Julieta fue ayer. Tamara fue dos días antes. Pasada la medianoche, vamos a tener otra muerta en nuestras manos y el alcalde se va a joder".

"No te va a gustar".

Burton sonrió, rápidamente tranquilizándose. "¿Puedes darme algo para continuar? ¿Algo de lo que sientas?"

Arbitag se limpió las manos y empezó a lavar pedazos de carne y sangre coagulada por el desagüe de una mesa cercana. Él la miró por un momento, luego soltó la válvula de la manguera, terminando el flujo de agua. "Está loco. No solo es alguien inteligente, sino que también tiene una enfermedad mental. Su elección de usar prostitutas como objetivos no es una idea original, pero su elección específica de prostitutas que no usan condones sí lo es".

"¿Sin condones?"

"El canal vaginal o anal de una mujer que usa condón constantemente es muy diferente al de una mujer que no lo usa. Las estrías musculares son mucho más suaves y los músculos vaginales de ambas mujeres mostraron que ninguna había practicado sexo seguro recientemente".

"Así que eran especialistas a hacerlo a pelo".

Arbitag asintió, activando el agua de nuevo y tirando los detritos por el desagüe. "Julieta tenía VIH".

"¿Y Tamara?"

"Clamidia".

"¿Es transmisible?"

"Sí."

"¿Se puede tratar?"

"La clamidia se puede tratar, sí, pero... bueno, ya sabes sobre el VIH".

"Sí." Clarice miró dentro de la gruesa bolsa de plástico para cadáveres, las bonitas facciones de Julieta distorsionadas por el grueso material. "Así que ambas mujeres estaban infectadas, pero a él no le importaba".

"Nop. Encontramos semen en la garganta de la primera chica y encontré algo en la boca de Julieta cuando la examiné. Los tipos eran los mismos".

"Pero ¿por qué se tomaría el tiempo de cortar los senos de la mujer y luego deshacerse de ellos? Quiero decir, es obvio por la incisión que se tomó el tiempo para hacer un buen trabajo..."

"Tal vez estaba apurado. Tal vez los dejó allí para ti y Acosta, y ese chico los encontró por casualidad. ¿Quién sabe? En este punto, su razón para dejarlos no es el punto".

"¿Y el punto es?"

"¿Por qué fue necesario para él cortar a las mujeres? Podría haberse salido con la suya sin lastimarlas, pero sintió que tenía que mutilarlas. ¿Por qué fue eso? ¿Por qué la garganta y por qué los senos? ¿Por qué eligió a mujeres que no usan preservativos?"

"Estaba haciendo una declaración". Burton dijo suavemente. "Una declaración sobre las prostitutas que no usan condones. Prostitutas de baja calidad, infectadas y que contagian su enfermedad al cliente. Esto es como Jack el Destripador..."

La palabra que susurró Arbitag fue aún más suave. "Bingo." Inmediatamente, el cerebro de Burton comenzó a trabajar, removiendo paladas de tierra en el jardín de su fértil cerebro en busca de información. El médico forense revisó una bandeja estéril de instrumentos, asegurándose de que estuvieran preparados para la siguiente entrada. "¿Y qué tipo de persona querría apuntar a mujeres así?"

Una vez más, la detective reflexionó sobre la pregunta, pensando en posibles respuestas. La ciudad de Nueva York era un lugar densamente poblado con todo tipo de personas que querían que las Jezabeles con VIH fueran borradas de la faz del planeta. Arbitag se movió detrás de ella, colocando una, luego una segunda foto frente a ella. La primera foto era una multitud tomada en la escena del crimen de Tamara. Las tomas de multitudes eran estándar y se requerían en todas las escenas del crimen que se trabajaban en la ciudad. Sabiendo que la mayoría de los asesinos eran seres psicológicos, siempre existía la posibilidad de que la persona volviera a aparecer en la escena para deleitarse con la atención mientras ocultaba en secreto su identidad.

Los agudos ojos de Clarice escanearon la segunda foto, una multitud tomada desde la escena del crimen de Julieta y no pudo encontrar una conexión. Arbitag sintió su frustración y sacando un rotulador negro del bolsillo de su chaqueta, hizo dos círculos en el papel fotográfico y sonrió cuando la detective se inclinó más cerca.

"El cura."

CAPÍTULO VI

La mujer era hermosa. Su cabello era de un sabroso tono rubio rojizo, elegantemente peinado en una cofia de rizos alrededor de su rostro. Su tentadora boca estaba bordeada de rojo y sus pálidos senos sobresalían justo debajo de los bordes del camisón de encaje, provocándolo con sus regordetas y pecosas blusas. Ansiaba frotar su dedo a lo largo de esos picos nevados, pero aún no la conocía lo suficientemente bien.

"¿Quieres una bebida?"

Ella movió la cabeza negativamente y se acercó a él en el sofá, girando su bonita cara hacia la de él. Él captó la indirecta y se inclinó, tomando su boca en un suave beso y metiendo su lengua en su boca. Era tan sumisa y eso le encantaba. Quería ser el hombre, mostrarle que podía cuiCarla y quería que ella lo supiera. Todavía besándola, se estiró y dejó que su mano ahuecara uno de sus senos, frotando su pezón entre sus dedos.

"Te gusta eso, ¿no?"

Deslizó la correa de su combinación por encima de su hombro, dejando que sus dedos acariciaran su suave piel. Su pecho sobresalió, el pezón suave y rosado y él lo lamió, tomándose el tiempo para sentir las diferentes texturas. Pasó tiempo, yendo y viniendo entre los dos, pero su necesidad era demasiado grande y no podía luchar por más tiempo. Mientras sus labios exploraban el valle entre sus pechos, su mano se deslizó hacia abajo y se conectó con su polla dura como una roca, apretándola antes de abrirla y soltarla.

"Dale un poco de mamada, ¿quieres?"

Sus labios se abrieron y él empujó su cabeza hacia abajo, gimiendo profundamente cuando tomó toda su longitud de seis pulgadas en su boca, dejando que golpeara la parte posterior de su garganta. Ella era tan buena Pensaba que no podría tener suficiente del calor suave y húmedo de su boca y su lengua flexible. Se frotó contra la parte inferior de su polla, apuntando al pequeño manojo de nervios justo al sur de la cresta y haciéndolo temblar.

"Sí, bebé. Solo así. Tómalo. Tómalo todo".

Quería follársela, pero una vez que ella comenzó a chuparle la polla, supo que no duraría. Su pequeña garganta formó un vacío alrededor de su vara y, de repente, lo estaba apretando y chupando al mismo tiempo. Él se reclinó en la silla, manteniendo su mano en la parte posterior de su cabeza mientras sus caderas empujaban hacia arriba, forzando su pene más abajo en su garganta.

"Oh, sí. ¡Oh, carajo, nena, me voy a correr!"

Su chorro de semen estuvo acompañado por su grito estrangulado y su cuerpo se sacudió con cada liberación, sus piernas rígidas y rectas. Ella era tan buena Ella ordeñó hasta la última gota de él, dejándolo débil y satisfecho, con una sonrisa en su rostro. El golpe en la puerta de la sacristía al instante borró esa sonrisa y se puso de pie de un salto.

"¿Reverendo Perkins?"

"Ya voy."

Burton se sentó en uno de los bancos y miró a Acosta. "¿Qué diablos está haciendo ahí dentro?"

"No lo sé. ¿Dando una bendición privada?"

La detective se rió sombríamente, pasando su mirada alrededor de la pequeña iglesia. No había estado en una iglesia desde que Angie murió. Ella pensó que no había Dios si le permitía a una niña morir así. La puerta de la sacristía se abrió y el reverendo Henry Perkins se adelantó, con su uniforme inmaculado. Extendió una mano a Acosta y luego se volvió hacia ella cuando se levantó.

"Lamento haberle hecho esperar. Estaba trabajando en la computadora".

"Una computadora en una iglesia. El mundo avanza".

"Siempre, detective Burton. Las necesidades del alma no están limitadas por la tecnología". Perkins se rió como si estuviera haciendo una broma privada. "¿Le puedo ayudar en algo?"

"Quería hacerle unas preguntas. ¿Le importa?"

"Para nada."

"Bien." Burton vio que el ministro se alejaba nerviosamente de ella, observando a su compañero caminar alrededor del altar, examinando los artículos sagrados de su fe con el ojo técnico de un oficial de policía entrenado. "Me di cuenta de que estaba en la escena de Williams. Creo que rezó por ella".

"Eh, sí". Perkins le respondió y luego volvió su atención a Acosta. ¿Por qué está nervioso, reverendo? "Le di los últimos ritos".

"¿Cómo supo que ella era católica?"

"No lo hice. Le doy los últimos ritos a cualquiera que lo necesite, independientemente de su fe".

"¿O la falta de ella?"

El reverendo Perkins negó con la cabeza. "A todos se nos otorga la absolución si pedimos perdón por nuestros pecados. ¿Por qué una prostituta debería ser diferente?"

"Es muy amable de su parte, reverendo Perkins. ¿Es por eso que vino a la escena de Friars?"

Ella captó el más mínimo indicio de sorpresa en su rostro antes de que él se recompusiera. "¿La escena de Friars?"

Burton sacó la foto de la carpeta que llevaba y se la mostró al hombre, observando atentamente su reacción. "Oh, sí. Estaba en camino a una reunión de oración y lo vi por casualidad. También le di los últimos ritos".

"Ya veo." Reemplazó la foto. "¿Había visto a alguna de las chicas antes de su muerte?"

"N-No".

Un tartamudeo. ¿Por qué estás tan nervioso? "¿Está seguro?"

"Sí, estoy seguro. Lo sabría". Perkins volvió a mirar a su alrededor y se dio cuenta de que Acosta había desaparecido. "¿Dónde está el Sr. Acosta?"

"Oh, probablemente ande por algún lado, muy probablemente afuera fumando".

"Por favor Discúlpeme."

"Reverendo Perkins, no he terminado..."

El buen reverendo se dirigió a la sacristía a toda velocidad con el detective Burton justo detrás de él. Acosta estaba dentro de la pequeña habitación, examinando los certificados enmarcados que salpicaban los paneles. Levantó la vista, confundido, cuando Perkins entró corriendo.

"Sí, señor?".

Los ojos de Perkins se dirigieron hacia el gabinete en la esquina, notando que las puertas estaban bien cerradas. "Uh, esta es mi oficina privada, detective. Le agradecería que saliera".

Los ojos de Acosta conectaron con los de Burton y se encogió de hombros. "No hay problema."

Perkins cerró la puerta detrás de ellos y se volvió hacia los dos detectives. "Escuchen, si no hay más preguntas, tengo que prepararme para el servicio de mañana por la noche".

La detective Burton le estrechó la mano. "Gracias, reverendo Perkins. Nos pondremos en contacto con usted si tenemos más preguntas".

Los dos detectives abandonaron rápidamente la iglesia y se dirigieron al Chevrolet sin identificación estacionado en la acera. "Nuestro reverendo Perkins es un hombre interesante".

"¿Qué te hace decir eso?"

"Tiene una amiga en el gabinete. Una muñeca de goma muy realista".

"¿Una muñeca?"

"No cualquier muñeca. Una muñeca sexual ". Acosta sacó una bolsa de plástico de su bolsillo. "Con la boca llena de semen, podría agregar".

"El reverendo estaba follando con una muñeca cuando llamamos".

"Parece que sí". Acosta sonrió. "¿Qué dices si hacemos una parada rápida en la oficina del forense?"

CAPÍTULO VII

La noche se extendió suavemente por la ciudad como una mancha oscura de hollín, ennegreciendo el horizonte y bloqueando las estrellas que ella sabía que estaban allí. Antes de casarse, Harry siempre había comentado sobre sus ojos, diciendo que podía ver el cielo en ellos. Pero esta noche había llegado temprano a casa y lo encontró buscando el cielo en el cuerpo de una rubia de tetas operadas. Después de once años de matrimonio, nunca había esperado esto. Ella creía en el felices para siempre, en el príncipe azul y su encantadora princesa y en un golpe de su polla, su marido había hecho añicos esos sueños.

Y así, Carla Parker se encontró en la cantina local de su comunidad, rodeada de admiradores que le invitaron bebida tras bebida, trago tras trago, superando su límite. No supo cuándo cruzó ese límite; solo sabía que había dejado de preocuparse por su marido infiel. Era como un objeto extraño alojado en la suela de su zapato y ella lo sacó sin esfuerzo y lo arrojó a un lado.

"Disculpe." Fue su voz la que atravesó la neblina alcohólica: cortés y caballerosa. "¿Puedo invitarte a un café?"

Una exclamación y un grito surgió por su repentina entrada en escena. "Hey, ¿Quién eres tú?" Nosotros la vimos primero. "¡Vete a la mierda, maldito bastardo inglés!"

Ella los ignoró y se volvió hacia el hombre, dándole una sonrisa de borracho. "Sí, por favor." Él tomó su mano y la ayudó a bajar del taburete de la barra, agarrándola con gracia cuando su talón se enganchó en el peldaño y la lanzó hacia adelante. Los demás se rieron de su borrachera, pero él no. La puso de pie y la ayudó a sentarse en una silla, luego le sirvió café con crema y azúcar hasta que pudo llevarse la taza a los labios.

"¿Mejor?"

"Sí, mucho mejor. Gracias." El café limpió parte de la borrosidad y sonrió al apuesto extraño. "Gracias por rescatarme".

"No hay de que." Su sonrisa era cálida y fácil. "Escucha, mi apartamento no está lejos de aquí. ¿Por qué no vamos allí? Puedo hacerte más café".

"Eso suena bien. Déjame usar el baño primero".

Mientras ella no estaba, él terminó su café y esperó pacientemente a que ella saliera, notando que otros hombres estaban observando atentamente. Salió, secándose las manos en un trozo de toalla de papel y fue asaltada por el hombre que lo había llamado 'bastardo inglés '. No supo qué le pasó, pero en cuestión de segundos, era una sombra violenta de su antiguo yo, lanzándose contra el hombre y tirándolo al suelo. Los otros hombres que habían estado charlando con ella se unieron a la refriega y en poco tiempo, el cantinero estaba llamando febrilmente a la policía mientras sillas y botellas volaban y se derramaba sangre.

Casi treinta y cinco minutos después, Burton recibió la llamada de Stevens. "Es una pelea en un bar llamado Sin City".

"He oído hablar de es local antes. ¿Por qué me llamas por una pelea?"

"Querrás hablar con la víctima, Carla Parker. Dice que estaba a punto de irse con un hombre cuando estalló la pelea. Un inglés.

"Voy en camino."

Cuando llegó, el cantinero le estaba dando las buenas noches al último de los clientes y no estaba feliz de verla. La mujer estaba sentada en una mesa, en una cabina, con una bebida en su mano temblorosa y su cabello en una nube despeinada alrededor de su cabeza.

Stevens la estaba esperando, observando la parte delantera escotada de su blusa. "Su nombre es Carla Parker. Encontró a su esposo en la cama con otra mujer y decidió ahogar su ira. Parece que se metió demasiadas copas y atrajo la atención de varios hombres que la vieron como una 'oportunidad'".

"Cabrón tonto". Burton murmuró. "¿Por qué no lo echó de casa?"

"No sé". Se detuvo a un lado de la mesa. "Sra. Parker, este es la detective Burton".

Parker miró hacia arriba, con los ojos hundidos y rojos. Empezó a hablar, pero su rostro se desmoronó y tragó un poco de alcohol contra la promesa de nuevas lágrimas. Stevens retrocedió y Burton se sentó, estirando el brazo y palmeando la mano de la mujer.

"Hábleme de él, señora Parker.

"Parecía ser agradable, un caballero".

"¿Cómo supiste que era un caballero?"

"Tenía acento inglés".

Burton miró a Stevens y le dio a la mujer una sonrisa de aliento. "Esos son pocos y distantes entre sí. Caballeros, quiero decir". Parker asintió, tomando otro trago. "¿Qué más le hizo pensar que era un caballero?"

"Me ofreció café cuando el resto de esos patanes querían que bebiera más. No quería aprovecharse de mí como el resto de ellos".

"Eso fue amable de su parte. Muy amable de un hombre extraño que vino a rescatarla, ¿no cree?" Las palabras de la detective hicieron que Parker se sintiera incómoda, pero no dijo nada. "¿Dijo que se iba a ir con él?"

"Sí, me invitó a su departamento. Íbamos a tomar un café allá".

"Ya veo." Burton miró a la mujer. "¿Puede darme una descripción de él?"

"Alto, moreno, barba, ojos marrones".

"¿Podría identificarlo si lo vuelve a ver?"

"Sí." Parker miró a su alrededor a los otros oficiales, su curiosidad despertó de repente. "¿Por qué está tan interesada en un hombre que comenzó una pelea?"

"Porque, señora Parker, tiene suerte de estar viva. Creemos que su caballero inglés asesinó a dos mujeres, que sepamos, y usted podría haber sido la número tres.

CAPÍTULO VIII

La furia gobernaba sus venas. No podía pensar en el dolor que le atravesaba el cráneo y la ira que le hervía la sangre. Él la tenía. Ella estaba comiendo de sus manos y pronto, habría estado sangrando en el filo de su cuchillo. ¡Maldita puta! Se secó la frente mientras caminaba de regreso al frente del bar, incapaz de evitar regresar a la escena. Y allí estaba ella, esa detective idiota de la televisión, sentada frente a la mujer. Todavía podría tenerla. Ahora tenía que encontrar una manera de hacerlo...

El teléfono celular de Burton sonó y ella lo puso en funcionamiento, saliendo de la cabina.

"Burton".

"Hola, soy Acosta".

"¿Dónde has estado? ¡He tratado de llamarte cinco veces!"

"He estado aquí en el laboratorio. Me dijiste que esperara los resultados, ¿recuerdas?"

"Sí, ¿pero no puedes contestar tu teléfono?"

"He estado recibiendo una explicación técnica sobre el ADN durante las últimas dos horas, Clarence. Mi cerebro está sobrecargado".

Burton se rió. "Entonces, ¿qué noticias tienes para mí?"

"Hay coincidencia".

"¿Estás bromeando?"

"No. El semen del sacerdote es coincidente. Estoy en camino a la casa del juez para obtener la aprobación de la orden de arresto".

Burton digirió la información mientras se giraba para mirar a Carla Parker. Algo no estaba bien, pero ella no sabía qué era.

"¿Quieres que me reúna contigo en casa del juez Anderson?"

"No, eso no es necesario. Puedo encargarme de todo esto. Te llamaré cuando tenga las cosas en su lugar y nos reuniremos para arrestarlo".

"Está bien. Buen trabajo, Acosta".

"Gracias, Clarence. Hasta luego".

Apagó su teléfono y volvió a mirar a la mujer. ¿Qué era? ¿Qué era lo que la estaba molestando? Burton se encogió de hombros y se dirigió hacia donde estaba parado Stevens.

"Tenemos al tipo".

"¿Qué, el chico de esta noche?"

"No. El asesino. Te lo contaré más tarde. Ahora mismo, tenemos que llevar a la Sra. Parker a casa y salir de aquí".

"Okey."

Parker levantó la vista cuando ella se acercó.

"¿Lo atraparon?"

"No, pero atrapamos al asesino, así que eres libre de irte".

"¿No crees que él es el asesino?"

"No. Tenemos pruebas irrefutables que prueban que no lo es, así que estás a salvo".

Los ojos de Carla se llenaron de lágrimas. "Gracias a Dios."

"El detective Stevens se asegurará de que llegue a casa sana y salva".

"Eso no es necesario. No voy a ir a casa. Solo voy a ir a un hotel al final de la calle".

"Aun así, el detective puede llevarla al hotel".

Parker se levantó, terminó su bebida y recogió su bolso. "Gracias de todos modos, pero voy a caminar. Necesito un poco de aire fresco, si sabe a lo que me refiero".

"Sra. Parker, no tengo que decirle que es peligroso caminar sola a esta hora de la noche".

"Seré cuidadosa." Tropezó hacia la puerta, enderezándose mientras agarraba la manija de la puerta. "Gracias por su ayuda."

Los detectives la vieron irse, ambos sacudiendo la cabeza ante su estupidez. Stevens palmeó a Burton en la espalda. —No es culpa tuya, Clarence. Es una mujer adulta.

"¿No podríamos arrestarla por borrachera y alteración del orden público?"

"En realidad, no. Se descartaría por un tecnicismo o nos demandarían". Él sonrió. O conociendo nuestra suerte, ambas cosas.

Ella se rió, asintiendo. "Tienes razón. Bueno, pongámonos en marcha y te contaré sobre el sacerdote en el camino".

* * *

Carla tarareaba mientras caminaba por la calle. Le encantaba la ciudad de Nueva York a esa hora de la noche. El vapor que sube de las alcantarillas, los reflejos de los letreros de neón en los charcos plateados oscuros, los sonidos de los conductores impacientes y el olor a escape se combinaban para hacer de la ciudad un lugar mágico para estar cuando el sol se retira del cielo. Estar ebria tampoco le atenuaba la experiencia. Lo aumentaba todo y ella ciertamente se sentía 'elevada'.

¡A la mierda Harry! Se rió y saltó alegremente, recordando la atención que había recibido esta noche. ¿Ves, Harry? ¡No eres el único que puede conseguir a alguien más! Cuando se acercó a la esquina, lo vio parado allí, con una sonrisa en su rostro y ella corrió, arrojándose a sus brazos. "¿Por dónde desapareciste?"

"Salí por la puerta de atrás. No soy muy luchador".

Ella tocó el bulto en su sien derecha y él hizo una mueca. "Oh lo siento."

"¿Todavía quieres ese café?"

Ella notó el brillo en sus ojos y sonrió. "¿Quieres decir, en tu apartamento?"

"Sí."

"No. Pero tomaré un trago".

"Muy bien, vamos."

Ella lo dejó abrir el camino, tropezando y riéndose mientras los conducía por calles y callejones. Finalmente, se detuvo en un callejón oscuro, empujándola contra la pared y besándola en el cuello. "Espero que no te importe un rapidito. Eres tan hermosa que no puedo evitarlo".

"No." Dijo sin aliento. "No me importa". Sus labios ásperos la estaban volviendo loca, pellizcando la carne sensible de su cuello y haciéndola temblar. Cuando sus manos se movieron hasta su cintura, subiendo el dobladillo de su vestido, ella no protestó. Su cuerpo estaba hambriento, hambriento por la atención de un hombre que obviamente disfrutaba de su compañía. Vete a la mierda, Harry. Sus dedos arrancaron las bragas de su cuerpo y ella abrió las piernas con anticipación. "Oh si." Ella susurró, su coño hormigueando. "Fóllame".

Las palabras terminaron con un aullido estrangulado, su cuerpo empalado en las tijeras de modista extragrandes que él había metido en su vagina. La sangre, espesa y cálida, cubrió su mano y se detuvo para olerla antes de empujar su dolorida polla en sus torrentes palpitantes. Trató de arañarlo, pero él fácilmente sostuvo sus muñecas con una mano mientras que con la otra mantuvo sus caderas cerca. Pronto, su lucha se volvió débil, sus ojos revoloteaban y él empujó dentro de ella más violentamente, su sangre cálida y aterciopelada lubricando su canal.

Cuando Carla Parker exhaló su último aliento, él explotó dentro de ella, su pene se espesó con cada pulso de semen que salpicó sus entrañas y se mezcló con la rica sangre. Eso fue lo mejor hasta ahora, pensó, dejando que su pene se deslizara fuera de ella y usando su vestido para limpiar parte de la sangre. Ahora, para dejarle un mensaje a esa detective: un mensaje que le hiciera saber que no se podía jugar con él.

Un mensaje para hacerle saber que ella era la siguiente.

CAPÍTULO IX

El reverendo Perkins pareció bastante sorprendido cuando un pequeño ejército de los mejores policías de Nueva York apareció en la puerta de la iglesia. El arresto se llevó a cabo sin problemas y Burton, Acosta y Stevens se quedaron atrás con los otros oficiales, registrando las instalaciones en busca de pruebas adicionales.

"¡Clarence!" La llamada de Acosta la hizo salir corriendo y ella y Stevens entraron en la sacristía y se dirigieron al pequeño apartamento del ministro. Su compañero estaba de pie al otro lado de la habitación, señalando la parte inferior del gabinete; el mismo gabinete que albergaba la muñeca sexual de goma de Perkins. Un líquido oscuro fluía constantemente desde debajo de la puerta, fluía en riachuelos a través del piso de cemento y empapaba una alfombra pequeña y destartalada.

Stevens se acercó a la puerta, usando su pañuelo para agarrar una de las manijas de la puerta y lentamente la abrió. Dentro, junto al torso de goma, estaba el torso de una mujer, una vista que provocó un grito ahogado en todos los presentes.

"¡Jesucristo! ¡Esa es Carla Parker!"

Burton se acercó más, con los ojos clavados en el rostro de la mujer. Su expresión era de desolación, de dar su vida y estremeció a la detective hasta el fondo del alma. La mirada en sus ojos... "Clarence. Clarence, ¿estás bien?"

"S-Sí". Volvió a su modo profesional, todavía conmocionada. "Estoy bien."

Acosta se colocó detrás de ella, su voz baja y tímida. "Clarice, se parece a ti". Por primera vez, el detective Burton miró el cuerpo, realmente lo miró. Carla Parker era morena, pero su cabello era rubio. Le habían puesto una peluca en la cabeza. "Y mira, en su pecho". Clavada a través del tejido adiposo del pecho de Carla Parker había una placa de policía. Su número de placa, 5803, había sido escrito en una tira de cinta antiséptica y adherida a ella. Stevens y Acosta la miraron durante un largo momento, sin querer comentar.

"Fue él."

"¿Qué?" Acosta gritó.

Era él. Nuestro inglés.

"¿Qué estás diciendo? ¿Cómo podría ser él cuando tenemos evidencia sobre Perkins?"

"No sé cómo explicarlo, Stevens. Simplemente lo sé. Este es un mensaje para mí".

"¿Por qué a ti?"

"Debe haber regresado al bar. Debe haberme visto con ella y decidió que yo la estaba manteniendo alejada de él". Burton no podía apartar los ojos de los ojos vacíos de Carla Parker. "Me está diciendo que viene por mí después".

"Pero, ¿qué pasa con el reverendo Perkins?"

"Él es inocente".

Acosta se colocó frente a ella. "¿Qué estás haciendo? ¡Tenemos a este imbécil atrapado!"

"¿Lo tenemos?"

Miró a Stevens, quien también la estaba mirando. "¿Qué demonios es esto?"

"Esta es una pista falsa, escenificada para nuestro beneficio y para implicar a Perkins. Perkins no es el asesino". Se dio la vuelta para salir de la habitación, lanzando palabras por encima del hombro, "Él está ahí afuera esperándome".

* * *

Puso dos monedas de veinticinco centavos en la máquina y deslizó el periódico bajo su brazo. Su departamento estaba a pocas cuadras de distancia y esto era parte necesaria de su rutina diaria, su manera de mantener una conexión con el mundo real. Consultó su reloj y aceleró el paso. Casi las seis. Hora de las noticias. Es hora de averiguar si ese detective recibió su mensaje.

La transmisión de Breaking News comenzó a las 5:59 y se acomodó en su sillón reclinable, con el periódico en su regazo y una cerveza en la mano. "Buenas noches. Comenzamos con noticias de última hora de St. Peter's en el Lower East Side. El reverendo Henry Perkins ha sido arrestado por el asesinato de Tamara Williams, Julieta Friars y la última víctima, la recepcionista de 38 años Carla Parker.

La Sra. Parker había estado involucrada en una pelea anteriormente en el Sin City Bar, pero logró escapar sin lesiones. Una vez que la policía se fue, la Sra. Parker se fue sola, a pesar de que la policía le ofreció transporte y fue asaltada y asesinada en Canal Street".

Escuchó atentamente al locutor, sopesando cada palabra y buscando un vistazo de esa perra, la Detective Burton. Se preguntó si ella sería lo suficientemente valiente como para enfrentarse a él. Por fin. Lo que había esperado. La perra policía de grandes tetas apareció en la pantalla.

"¿Puede decirnos algo más sobre esta investigación?"

Los ojos de la mujer dejaron el rostro de la reportera y se dirigieron a la lente de la cámara. "La investigación no ha terminado. Hemos arrestado a una persona de interés, pero personalmente no creo que esa persona sea el perpetrador. Creo que todavía está ahí fuera, esperando atacar de nuevo".

Burton miró fijamente a la cámara, ignorando los susurros enojados de Stevens, que estaba justo detrás de ella. "Recibí tu mensaje. Te estoy esperando".

El reportero se alejó de ella para terminar el segmento de transmisión y Stevens la agarró por los hombros y la hizo girar. "¿Qué demonios estás haciendo?"

"Intentando encontrar al asesino, John. Es hora de jugar su juego".

CAPÍTULO X

Clarice Burton se paró frente al espejo y miró su reflejo cuidadosamente. Durante años ocultó su feminidad bajo su uniforme, detrás de una insignia que la equiparaba con todos aquellos que la victimizarían en nombre de esa feminidad. Y eso estuvo bien. Se movía dentro de los círculos del departamento, aparentemente ajena a los susurros que la seguían cuando entraba en la sala de la brigada, pero siempre dolorosamente consciente de que no importaba cuánto lo intentara, siempre sería vista como una chica pelirroja con enormes tetas.

El paso a detective había sido una obsesión. Trabajó duro, leyendo y estudiando cuando los chicos estaban de juerga o jugando al póquer y el trabajo duro valió la pena. Llegó a dejar la escoria de la oficina, ascendiendo a la escoria de los detectives. Su habilidad innata para olfatear evidencia mantuvo su cabeza y hombros por encima de la media y muy pronto, fue destacada por sus extraordinarias habilidades. Ahora, podía tomar las riendas a su manera y había tenido la suerte de relacionarse con Acosta como su pareja. Aunque era uno de la mayoría que odiaba la afluencia de mujeres en las filas de los detectives, mantenía la boca cerrada y hacía su trabajo.

Ella no se reconoció a sí misma. Esta persona, de pie frente al espejo... esta había sido la persona que había sido hace tantos años. la madre de Angie. Una mujer que disfrutaba ser mujer. Una mujer que disfrutaba siendo tocada y besada. Una mujer que disfrutó del cuerpo de un hombre junto al suyo, convirtiéndose en uno bajo el susurro de las sábanas de algodón. El simple hecho de ver su propio cuerpo curvilíneo en el vestido hizo que de repente extrañara la intimidad del toque de otra persona y se preguntó por qué realmente estaba haciendo esto. ¿Quería atrapar al asesino o experimentar el sexo?

El reloj del pasillo dio la medianoche y ella se quedó paralizada frente al tablero, con el corazón latiéndole en los oídos. Sus ojos recorrieron los rostros, deteniéndose por unos segundos para rendirles homenaje adecuadamente. Ella estaba haciendo esto por ellos, por cada una de esas pobres almas que habían perdido la vida por gente como el inglés. Al detenerlo, les estaría otorgando un poco de paz y tal vez también a ella misma. Era hora de irse. Dame fuerza.

Cerró la puerta, comprobando que su placa y su arma estuvieran en su bolso y se deslizó en el auto sin identificación que había llevado a casa. Se le pusieron los pelos de punta de inmediato, pero no tuvo tiempo de sacar el arma de su bolso. Con calma, con serenidad, insertó la llave en el encendido y dijo: "Hola, Jack".

"Hola, detective Burton". Se sentó en el asiento trasero, manteniendo el cañón del arma presionado contra la parte posterior de su cabeza y asegurándose de permanecer en las sombras. "Te ves hermosa esta noche."

Sus ojos se conectaron con los de él en el espejo retrovisor. "Me vestí de esta manera para ti".

"¿De verdad?" Su voz ronca envió escalofríos a través de ella. "¿Estás diciendo que quieres jugar conmigo?"

"Sí, Jack. Quiero jugar contigo".

Se acercó tanto que ella pudo sentir su cálido aliento en el cuello. "¿Sabes lo que significa?"

Clarice sintió un temblor en lo profundo de su estómago y no pudo hacer nada para detenerlo. Sabía exactamente lo que quería decir y si no ganaba este juego, el resultado sería su muerte. "Sí", dijo ella suavemente. "Se lo que significa."

"Puedes llegar a ser mi mejor obra maestra hasta ahora, Clarice. Una mujer tan valiente para enfrentar la muerte".

"No me matarás, Jack".

"¿No lo haré?"

"Prefieres follarme".

Su mano de repente se cerró sobre su garganta, expulsando el aire de sus pulmones. "Puedo hacer ambas cosas, detective. No me provoques. Si lo haces, es posible que no encuentres la experiencia tan emocionante".

Quería responder, pero no tenía aliento para hacerlo. En cambio, ella asintió y su mano se fue tan rápido como apareció y ella jadeó. "Lo siento, Jack. No quise hacerte enojar. Solo te estaba haciendo saber que me estaba ofreciendo total y completamente para tu placer".

"No tienes que ofrecerte. Tomaré lo que quiera".

Su mente trató de trabajar rápidamente. Ahora estaba enojado, algo que ella no había querido. "Lo siento, Jack".

Se recostó. "Así es como me gusta una mujer. Sumisa. ¿Conoce su lugar, detective Burton?"

"Sí." Ella respondió sin dudarlo. "Mi lugar está debajo de ti".

Él sonrió en la oscuridad, su pene endureciéndose ante su respuesta. Esta seguramente iba a ser la mejor noche de su vida. "Tienes mucha razón, detective. Ahora enciende el auto y te diré a dónde ir".

Con manos temblorosas, la detective Clarice Burton arrancó el auto, lo puso en marcha y se dirigió a la oscuridad, sin saber si regresaría a casa con vida.

CAPÍTULO XI

No supo cómo lo hizo, pero de alguna manera logró conducir el auto, siguiendo las instrucciones que él le dio. Unas cuantas veces, cuando pasaban los coches de policía, pensaba en hacerles señas y se preguntaba qué estarían pensando Acosta y Stevens, si habrían vuelto a su casa a buscarla cuando no aparecía. Con suerte, la estaban buscando en este momento, pero no tenía esperanzas de que la encontraran. Las instrucciones que Jack le había dado los llevaron fuera de la ciudad, fuera del rango de alcance que los detectives estarían buscando y, de alguna manera, ella sabía que él estaba al tanto de eso. Finalmente, la dirigió hacia un camino de entrada y le ordenó que estacionara el auto.

"Ya estamos aquí, preciosa." Su voz grave respiró en su oído mientras apagaba el motor. "¿Por qué no entramos donde hace más calor?"

"Okey." Alcanzó la manija de la puerta, pero la mano de él en su hombro la detuvo.

"Espera. Venda en los ojos primero. Cierra los ojos".

Ella hizo lo que le pidió, temblando más cuando escuchó que se abría la puerta trasera del auto. El cambio en el coche la alertó del hecho de que él había dejado el asiento trasero y el aire frío la atravesó cuando él abrió la puerta. Le colocó un trozo de tela suave con protectores oculares en la cara y, cuando abrió los ojos, no pudo ver nada. Su mano cubrió la de ella y ella se estremeció al sentir su piel áspera.

"¿Lista, detective?"

Burton no confiaba en su voz, estaba tan asustada que solo asintió y renunció por completo a su control. Estaba entumecida; no podía sentir nada excepto donde su mano tocaba la de ella y cada paso enviaba sacudidas a través de su cuerpo, sacudiéndola constantemente hacia la realidad. Sintió una elevación en el camino, luego pasos, luego un largo pasillo después de pasar por la puerta principal. Su movimiento hacia adelante se hizo más lento y ella sintió que la maniobraban alrededor de algo y luego la empujaban suavemente hacia atrás. Cuando rebotó, supo que estaba sentada en una cama y el corazón le dio un vuelco.

"Bienvenida a mi casa, detective".

"Gracias. ¿Puedo quitarme la venda de los ojos?"

"No. Quiero que te la dejes puesta hasta que yo decida cómo va a terminar esta noche".

"Es justo, supongo."

Burton trató de respirar profundamente, con la esperanza de que ayudaría a mantener a raya su miedo, pero sabía que él podía decir que estaba petrificada. "Eres diferente de lo que pensaba". Comenzó, sus manos acariciando sus hombros. "Esperaba una mujer dura, pero tú eres cualquier cosa menos dura".

"¿Por qué pensaste que sería dura?" Odiaba el temblor en su voz, pero el calor de sus manos a través de la fina tela del vestido la estaba afectando.

Y él lo sabía. "Tendrías que ser dura para ser una detective de homicidios". Sus manos se movieron por sus brazos, poniendo la piel de gallina a su paso. "¿Cuándo fue la última vez que un hombre te tocó así?" Cuando ella no ofreció respuesta, él continuó, inclinándose junto a su oído. "¿Cuándo fue la última vez que un hombre te dijo que eras espectacular?" Sus dedos se movieron hacia abajo, rozando sus pezones que la hicieron jadear. "¿Cuándo fue la última vez que un hombre te dio una buena y dura cogida?"

Clarice no podía hablar. ¿Cuándo fue la última vez que tuvo una buena y dura cogida? Olvídalo, ¿cuándo fue la última vez que la besaron? El hecho de que no pudiera responder era una señal reveladora. "Mucho tiempo." Ella respondió suavemente.

"¿Una mujer hermosa como tú?" Se acercó más. "Estoy seguro de que hay cientos de hombres por ahí que te quieren, así que ¿por qué estás sola?"

"Soy policía. No tengo tiempo..."

"¿Para las relaciones?" Él rió. "Escuché eso antes. Las mujeres hermosas nunca tuvieron tiempo para mí, especialmente esas putas". Sus manos acariciaron sus pechos, ahuecándolos y rodeando sus pezones a través de la tela. "Quítate el vestido".

Empezó a decir algo, pero cambió de opinión. Lentamente, se puso de pie, desabrochando la parte del vestido sin abrochar y dejándolo caer de sus pechos. Estaba a punto de empujar el resto del vestido hacia abajo cuando sus labios atacaron sus pezones, lamiéndolos y chupándolos hasta que se elevaron hasta convertirse en puntos dolorosos. Clarice se quedó sin aliento, amando cada lamida y chupada que él le estaba dando. Se sentía tan bien ser violada que se olvidó del peligro y solo pensó en sus manos calientes sobre su cuerpo.

"Quiero follarte, detective. ¿Estás lista para jugar a mi juego?"

Con el cuerpo temblando por su atención, empujó su vestido hacia abajo, sacando los hombros. "Sí, Jack. Vamos a jugar.

CAPÍTULO XII

Burton todavía estaba asustada. Estaba de pie, desnuda y con los ojos vendados, esperando su orden como solo podría hacerlo una esclava ansiosa. Todos los nervios estaban de punta. Cada pelo estaba de pie. Cada fibra de ella estaba temblando, cada parte esperando su palabra.

"Juego rudo, detective. ¿Puedes manejar eso?"

"Puedo manejar mucho más de lo que crees, Jack".

"¿De verdad?" Un ligero tono de incredulidad juguetona coloreó sus palabras y ella apretó los dientes contra el temblor de miedo que la recorrió. Respiró deliberadamente contra su cuello, el calor haciéndola temblar. "Puedo pensar en muchas cosas para hacerle a tu hermoso cuerpo".

"Apuesto que puedes." Dijo suavemente. "¿Pero por qué no me dejas atenderte?"

"¿Por qué? Ese es el trabajo de una puta". Su tono pasó de juguetón a enojado en segundos, algo que la asustó. "¿Debería tratarte como esas putas?"

"No." Burton dijo rápidamente. "Lo siento, Jack". Cayó de rodillas, bajando la barbilla hasta el pecho. "Por favor acepta mi disculpa."

"Acepto tu disculpa." Sintió su bota en la espalda, empujándola hacia adelante sobre su pecho. "Pero si vuelve a suceder, te mataré. ¿Entiendes?"

"Sí, Jack".

"Bien. Odio a las mujeres que piensan que pueden pensar más que yo. No se puede hacer".

"Sí, Jack".

"Lame mi bota". Clarice se inclinó, sabiendo que su pie estaba debajo de su cara y sacó la lengua, saboreando una combinación de tierra y sal del camino. El sabor era horrible pero trató de no mostrarlo porque estaba segura de que él estaba mirando. "Bien. Ahora levántate".

Se puso de pie lentamente, su cuerpo aún temblaba. Incluso cuando sus manos rodearon su cuerpo, apuntando a sus pesados pechos, ella supo que la dulzura de su toque era una mentira. La placentera caricia se convirtió en una letanía de dolor, marcada por sus gritos. Sus dedos pellizcaron la tierna carne de su pecho con tanta fuerza que supo que tendría moretones casi de inmediato. Luchó contra el impulso de luchar contra él; ella sabía que eso era lo que él quería. Entonces la tortura empeoraría. Sus dedos encontraron nuevos objetivos y Burton casi se desmaya por el dolor de tener los pezones torcidos.

De repente, se detuvo, dejando que su cálido aliento cayera en cascada sobre su cuello. "Eres bastante dura, detective". Ella no habló porque estaba tratando con todas sus fuerzas de no llorar, pero sabía que él lo sabía de todos modos. La tomó de la mano y la condujo por un largo pasillo, luego la ayudó a bajar unos escalones. "Veamos cómo te gusta esto".

En el momento en que sintió la banda de cuero resbaladizo en su muñeca, supo que estaba en problemas. Trató de luchar, pero él era mucho más fuerte, obligándola a entrar en el marco, sujetando primero una muñeca, luego la otra. Trató de patearlo, pero él le agarró la pierna y fácilmente la sujetó con una abrazadera de cuero, encajando el otro tobillo en una también. Ahora estaba completamente a su merced.

"Eras una chica tan buena, detective. Es una pena que tengas que ser castigada".

"¡No!" Burton retorció los brazos, tratando de encontrar algún agarre en el cuero y no encontró ninguno. El marco se movió y giró, volteándola de modo que quedó colgando hacia adelante y un descarado chasquido detrás de ella alimentó sus peores temores.

"¡Sí!"

El látigo atrapó el centro de su espalda y jadeó ante el dolor cortante que recorrió su cuerpo. El látigo cayó una y otra vez, haciéndola gritar cada vez, pero salió como un gemido. Diez latigazos después, era una masa de carne sollozante, sacudiendo las manos y todavía tratando de soltarse.

"¡Déjame ir, pedazo de mierda!"

"Oh, ¿qué pasa, detective? ¿Querías jugar y ahora no te gustan las reglas?" El marco se inclinó una vez más, bajándola unos centímetros y supo lo que seguía. "Bueno, ¿por qué no empezamos la fiesta?" Ella sintió sus dedos en su coño seco. "Prepárese, detective. Estoy a punto de abrirlo".

Burton sintió su embestida y escuchó su grito sin palabras. Sus manos abandonaron su cuerpo y salió de su coño, llevándose la jaula con él. Todavía con los ojos vendados, solo podía imaginar cómo sería la escena: sangre corriendo roja por sus piernas mientras brotaba de dos agujeros en la cabeza de su pene, dos agujeros que habían sido perforados en su carne por dos postes de plata unidos a una jaula de plata. que cabía en su coño. Las púas en su base asegurarían que sangraría profusamente si intentara quitarlo.

"¡Perra!" Él gritó desde algún lugar detrás de ella. "¿Qué mierda me hiciste?" Ella tiró de sus brazos y piernas y todavía no encontró alivio. "¡Perra! Tú..." El repentino silencio solo fue roto por un gemido y escuchó que la jaula golpeaba el suelo, seguida rápidamente por el sonido de su cuerpo chocando contra ella.

La detective Clarice Burton colgaba del marco, todavía sollozando, no de miedo sino de alivio. Se terminó. Ahora, solo tenía que esperar a que la baliza de señalización trajera ayuda. Acosta y Stevens entrarían pronto aquí. Solo tendría que sufrir las bromas de la oficina de que la encontraran desnuda. Todo había terminado ahora.

CAPÍTULO XII

"¡Clarice! ¡Clarice!"

Escuchó la voz de Stevens pero estaba demasiado entumecida para moverse. Sus brazos se sentían como de plomo y estaba mareada por la sangre acumulada en su cabeza. Las ataduras de cuero cayeron, una por una, y la ayudaron a ponerse de pie, solo para descubrir que no podía mantenerse en pie. Fuertes brazos la llevaron a un lugar donde la acostaron y la cubrieron con algo. Unos minutos más tarde, le quitaron la venda de los ojos y las ventosas salieron llenas de una mezcla de sudor y lágrimas.

Parpadeó contra la fuerte luz, reaccionando como alguien que había mirado fijamente a un flash y quedó momentáneamente cegada. Alguien pasó un paño frío por sus ojos, limpiando los detritos y ella levantó una mano para frotarlos, todavía parpadeando furiosamente. Unos minutos más y su vista se había aclarado lo suficiente como para que el rostro de John se enfocara, su expresión no tenía precio.

"John, ¿es miedo lo que veo?"

"¿Estás bien?"

"Sí, estoy bien. ¿Dónde está Acosta?"

Stevens tragó, sus ojos se movieron hacia un punto en el suelo. "Él está por allá."

Las palabras no asimilaron hasta que vio el cuerpo, entonces la incredulidad nubló su mente. Su compañero, su colega más cercano, yacía en el suelo, un charco de sangre se extendía como una manta debajo de él. La jaula yacía a centímetros de su mano, con sus púas llenas de carne gelatinosa. "¿Tony?"

El detective Stevens puso sus manos sobre los hombros de Burton, su voz baja mientras más oficiales entraban en la habitación. "Era Acosta, Clarence. Era Jack".

"Él no pudo haber sido. Cómo..."

"Hoy temprano recibí una llamada del Dr. Jonathan Herbert. Dijo que había estado tratando a Acosta durante los últimos diez años y que Jack era una de sus personalidades manifiestas".

"¿Por qué no se puso en contacto con nosotros antes de ahora?"

"Aparentemente, estaba en Baltimore en una convención. No regresó hasta esta mañana y se puso al día con su lectura. Fue entonces cuando descubrió que era Acosta ".

Un temblor comenzó en lo profundo de Burton que no pudo detener y se derrumbó en lágrimas en los brazos de Stevens. Ella había estado cerca de la muerte. Eso no era lo que más la asustaba. Fue que todo este tiempo, Acosta había estado tan cerca de ella.

"Sácame de aquí, John. Por favor. Llévame a casa".

* * *

Los siguientes días estuvieron llenos de más actividad de la que Burton podía manejar. Todos los medios de comunicación querían hablar con la dura detective que había atrapado al asesino apodado 'Jack el Destripador', pero ella no quería tener nada que ver con eso. Se retiró a su casa, pasó tiempo frente a la pared de cuadros de corcho y lloró desconsoladamente. Casi les había fallado. Había estado tan inmersa en su trabajo, en su búsqueda de este asesino, que se olvidó de vivir. ¿Era eso lo que Angie hubiera querido para su madre, aislarse de la civilización?

Cuatro días después del asesinato, se le ordenó ir a la oficina del comisionado para dar un informe completo y salió de la experiencia sintiéndose agotada. El jefe de policía le aconsejó que se tomara unos días de vacaciones para ordenar sus pensamientos y ella accedió, todavía demasiado emocionalmente tocada por la sesión informativa para protestar. Al pasar por la oficina de detectives, se detuvo para mirar adentro y vio aquello de lo que tanto anhelaba ser parte. Stevens, Andreotti y un par de chicos más estaban reunidos alrededor de un escritorio, bromeando y riendo juntos.

Ella no pudo detenerse. Empujó la puerta para abrirla, entrando en el espacio abierto y todos los ojos se volvieron hacia ella. Burton tragó saliva, diciéndose a sí misma que revisaría su teléfono en busca de mensajes y se iría en silencio. Todos la observaron mientras pasaba, cojeando levemente por las heridas del látigo en curación, observando en silencio su fuerza silenciosa. El primer aplauso la congeló en seco y se volvió para ver a Stevens de pie y aplaudiendo por ella. Andreotti y los demás se unieron y en unos momentos, todos los detectives estaban de pie y aplaudiendo el coraje de la detective Clarice Burton.

Se dirigió a su escritorio y revisó sus mensajes, limpiándose las lágrimas con furia mientras garabateaba la información. Cuando colgó el teléfono, notó un pequeño paquete en la esquina y lo desenvolvió lentamente. Dentro estaba la jaula vaginal plateada, sus puntas intactas, excepto que estaban perforando un modelo de juguete de Jack el Destripador. Una pequeña nota adjunta en la parte inferior decía: Bienvenida a la jungla. Por alguna extraña razón, las palabras le llenaron los ojos de lágrimas y entendió lo que decían sus colegas. Ella siempre fue una de ellos y era especial para el equipo de una forma en que ellos no lo eran. Su masculinidad no les permitía admitir su amor por ella, pero le hacían saber que la amaban.

La detective Burton se sonó la nariz, se enderezó de su escritorio y salió, aliviada al notar que la sala de detectives había vuelto a la normalidad, las personas respondían llamadas, completaban el papeleo y hablaban de casos. Se detuvo junto al escritorio donde estaban los chicos. "Me deben el almuerzo".

"¿Qué?" Andreotti dijo, mirando a sus compañeros detectives.

"Conozco la rutina. Resuelve un caso, el grupo te invita a almorzar, ¿verdad?"

Stevens se rió. "Sí es cierto."

"Bien. Cada uno de ustedes me debe el almuerzo".

Burton salió de la habitación con una sonrisa en el rostro y un fuego en el corazón. Voy a vivir, Angie. voy a vivir

FIN